Till Eulenspiegel

nacherzählt von Gisela Fischer
Bilder von Jean-Paul Barthe

PESTALOZZI-VERLAG, D 8520 ERLANGEN

Wie Till auf dem Seil ging

Schon als Kind war Till Eulenspiegel ein richtiger Lausbub und immer zu Streichen aufgelegt. Als er größer wurde, wollte er keinen Beruf lernen. Statt dessen übte er lieber Seiltanzen. Eines Tages dann spannte er ein Seil über die Straße. Neugierig strömten die Leute herbei. „Ich will euch ein Kunststück zeigen!“ rief Till vom Seil herunter. „Werft mir alle euren linken Schuh herauf!“ — „Ha, das wird ein Spaß!“ freuten sich die Zuschauer. Bereitwillig warfen sie Till die Schuhe zu. Er hängte einen nach dem andern an das Seil. Dann rief er vom Dachfirst herunter: „Aufgepaßt! Jetzt darf jeder seinen Schuh suchen!“ Ritsch! schnitt er das Seil durch, und die Schuhe purzelten auf die Straße. „Das ist mein Schuh!“ — „Nein, meiner!“ stritten die Leute und gerieten sich in die Haare.
Till aber lachte sich ins Fäustchen.

Till und die Bienendiebe

Till ging für sein Leben gern auf die Kirchweih. Und je mehr Trubel dort war, um so besser gefiel es ihm. Als er sich wieder einmal von so einem Fest auf den Heimweg machte, waren ihm die Beine schwer vor Müdigkeit. „Ich suche mir ein stilles Plätzchen zum Schlafen", beschloß er. Auf der Wiese hinter einem Bauernhof entdeckte er ein paar große Bienenkörbe. Er suchte sich einen leeren aus, schlüpfte flugs hinein und schlief bald wie ein Murmeltier.
Mitten in der Nacht wachte er auf. Flüsterte da nicht jemand ganz in seiner Nähe? Till spitzte die Ohren. „Welchen Korb nehmen wir?" hörte er. „Den schwersten natürlich. Da ist der meiste Honig drin!" Aha, das mußten Bienendiebe sein! Sie hoben einen Korb nach dem anderen an und kamen schließlich zu dem, in dem Till lag. „Ha, der ist richtig!" freuten sie sich. Sie wuchteten den Korb hoch und schleppten ihn davon.
Till verhielt sich die ganze Zeit über mucksmäuschenstill. Doch er überlegte fieberhaft, wie er den beiden Dieben einen Streich spielen könnte. Es dauerte auch gar nicht lange, da hatte er sich etwas ausgedacht. Als die Diebe ein Stück gegangen waren, zog Till den vorderen Dieb an den Haaren. „Aua! Was fällt dir ein!" schrie der.

„Warum ziehst du mich an den Haaren?" – „Ich? Bei dir piept's wohl! Wie soll ich dich an den Haaren ziehen, wenn ich mit beiden Händen den Korb schleppe?" schimpfte der andere. Till lachte still vor sich hin. Das schien zu klappen! Nach einer Weile packte er den hinteren Dieb an den Haaren und zerrte kräftig. „Du falscher Hund!" rief der. „Du behauptest, ich ziehe dich an den Haaren! Dabei ziehst du mich!" Schimpfend und fluchend setzten die beiden ihren Weg fort. Bald darauf riß Till den Vordermann so kräftig an den Haaren, daß dieser mit dem Kopf gegen den Bienenkorb stieß. „Na warte!" brüllte er vor Schmerz und Wut, ließ den Korb fallen und stürzte sich auf den anderen. Der ließ den Korb ebenfalls los. Und schon war die schönste Prügelei im Gange. Da machte sich Till aus dem Staube. Und weil er den Weg nach Hause nicht finden konnte, beschloß er, in die Welt hinauszuziehen. „Die ist voll dummer Leute, die ich zum Narren halten kann!"

Wie Till Eulenspiegel Hühner kaufte

Eines Tages kam Till zu einem Wochenmarkt. Er war hungrig, hatte aber kein Geld. Da sah er eine Bäuerin, die recht dümmlich dreinschaute. Sie bot ein paar Hühner und einen prächtigen Hahn an. „Was kosten zwei Hühner?" fragte Till. Er stellte sie sich gebraten vor, und das Wasser lief ihm im Mund zusammen. „Zwei Groschen", antwortete die Bäuerin. Da nahm Till einfach den Korb mit dem Hahn, steckte zwei Hühner dazu und ging mit schnellen Schritten davon. „Halt!" rief die Bäuerin empört. „Zahlen Sie mir sofort meine Hühner!" Till kehrte zu ihr zurück und beschwichtigte sie: „Liebe Frau, ich bin der Schreiber der bekannten Äbtissin. Ich bringe das Geld später." „Nichts da!" rief die Bäuerin. „Mir ist ganz gleich, wer Sie sind. Ich will das Geld für meine Hühner!" — „Du liebe Zeit!" rief Till. „Wenn jeder so mißtrauisch wäre wie Sie, das wäre schlimm. Aber damit Sie sicher sind, das Geld von mir zu bekommen, lasse ich Ihnen den Hahn als Pfand da." Er setzte sich die Hühner auf die Schultern und gab der Bäuerin den Käfig mit ihrem eigenen Hahn. Lange wartete die dumme Frau auf ihr Geld. Dann ging ihr endlich ein Licht auf!

Wie Till ein Haus räumte

Till arbeitete bei einem Kaufmann und sollte seinen Herrn ausfahren. „Herr, wohin soll ich fahren?" fragte Till. „Fahr geradeaus und sieh dich nicht um!" antwortete der Kaufmann. Vor der nächsten Anhöhe schnitt Till heimlich die Zugseile ein. Dann stieg er vom Wagen und sagte: „Zu zweit sind wir zu schwer für das Tier." Kaum ging es bergan, rissen die Zugseile. Der Wagen kippte, und der Kaufmann purzelte heraus. Doch so laut er auch schrie und rief, Till sah sich nicht um. Er führte das Pferd wieder nach Hause, und dem Kaufmann blieb nichts anderes übrig, als zu Fuß hinterherzulaufen. „Morgen räumst du mir das Haus!" befahl er Till.

Kaum war der Kaufmann am nächsten Morgen aus dem Haus, fing Till an zu räumen. Er schleppte Geschirr, Möbel und anderen Hausrat auf die Straße. „Was soll das?" wunderten sich die Nachbarn. Als Till gerade einen Tisch hinaustrug, kam der Kaufmann zurück. „Was treibst du?" schrie er. „Was Sie mir gesagt haben", erwiderte Till ruhig. „Ich räume das Haus."

Till Eulenspiegel und der Bartscherer

Zu Tills Zeit nannte man die Frisöre Bartscherer, weil sie täglich die feinen Herren rasierten. Eines Tages traf Till einen Bartscherer auf der Straße, und dieser stellte Till sofort als Gesellen ein. „Siehst du da drüben die großen Fenster?" fragte er und deutete auf ein Haus. „Da geh nur hinein. Ich komme gleich nach!" Till, nicht faul, nahm rasch Anlauf und sprang durchs Fenster in den Laden. „Kannst du nicht wie andere Leute zur Tür hereinkommen?" schimpfte die Meisterin. „Ihr Mann hat gesagt, ich solle da hineingehen, wo die großen Fenster sind!" antwortete Till. Der Bartscherer, der hinzukam, mußte lachen und behielt Till.

Bald darauf sagte er: „Schere den schlafenden Herrn dort. Aber gib dir Mühe und laß kein einziges Haar stehen." Till machte sich an die Arbeit. Gerade, als er mit dem Scheren fertig war, wachte der Kunde auf. Er sah in den Spiegel und riß entsetzt die Augen auf. „Was hast du getan?" schrie der Bartscherer. „Nur, was Sie gesagt haben", antwortete Till. „Kein einziges Haar stehenlassen!" – „Verschwinde dahin, woher du gekommen bist!" tobte der Bartscherer. Da sprang Till flugs durch das Fenster wieder hinaus, durch das er hereingekommen war.

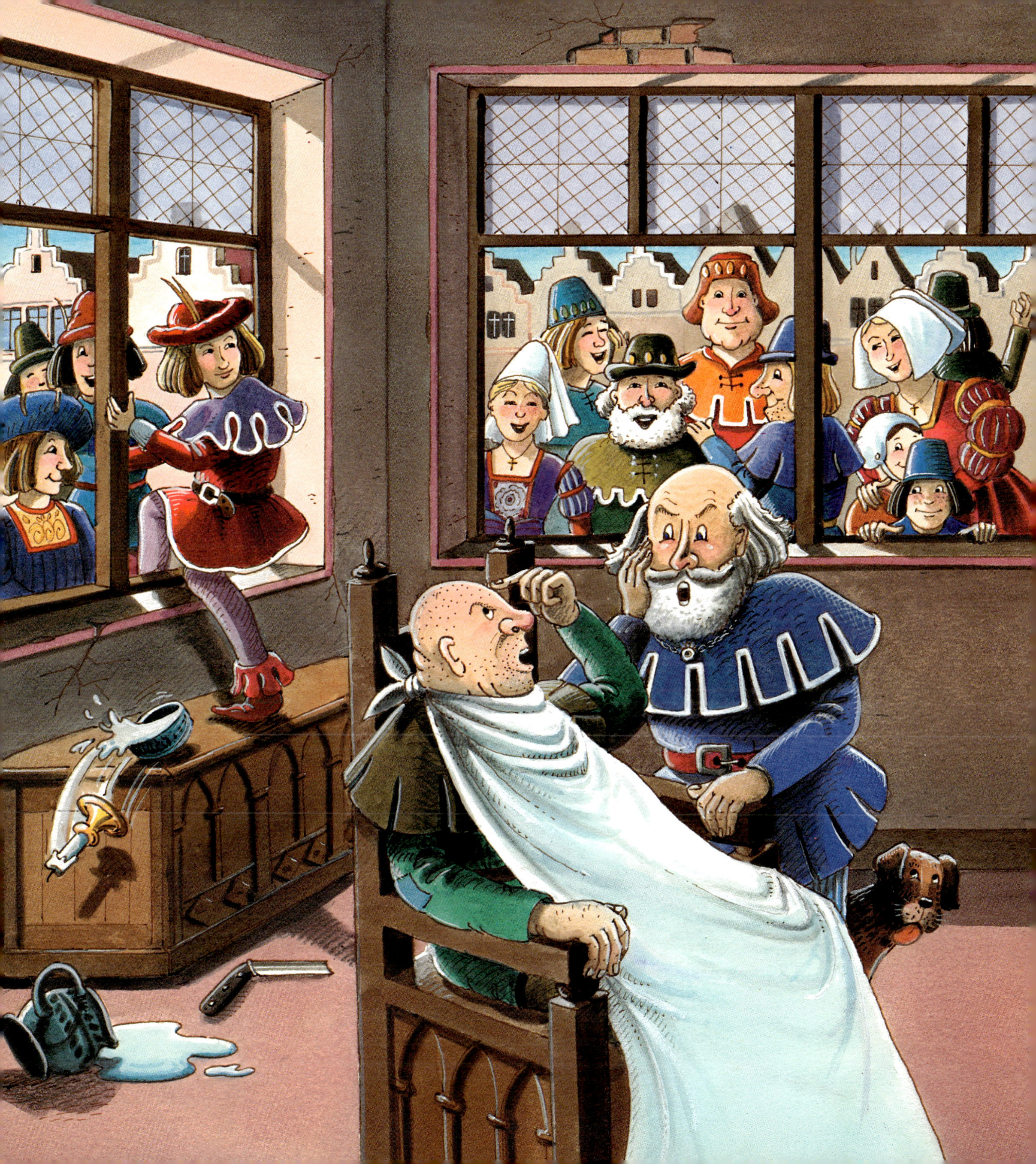

Wie Till Eulenspiegel einen Esel lesen lehrte

Eines Tages kam Till in eine Stadt und behauptete: „Ich kann jeden alles lehren!" „Diesem Prahlhans werden wir es zeigen!" sagten die Gelehrten verärgert. Sie kauften einen jungen Esel, brachten ihn zu Till und fragten: „Kannst du diesem Esel wohl das Lesen beibringen?" — „Selbstverständlich!" antwortete Till. „Es wird aber etwa zwanzig Jahre dauern. Und außerdem möchte ich für die schwere Arbeit bezahlt werden." Damit waren die Gelehrten einverstanden, ja, sie gaben Till sogleich einen Vorschuß. Till zog ins Gasthaus, brachte den Esel im Stall unter und besorgte sich ein Buch mit dicken Blättern. Er legte es vor den Esel auf eine Kiste und streute Haferkörner zwischen alle Seiten, nur zwischen die beiden letzten nicht. Das merkte sich der Esel. Und um an den Hafer zu kommen, blätterte er mit dem Maul die Blätter des Buches um. Als er keinen Hafer mehr fand, schrie er laut: „I-ah! I-ah!" Das übte Till wieder und wieder mit dem Esel. Dann rief er die Gelehrten herbei. Der Esel hatte den ganzen Tag kein Futter gekriegt. Hungrig blätterte er die Seiten des Buches um. Und als er keinen Hafer fand, schrie er wieder: „I-ah! I-ah!" — „Hören Sie, das I und das A kann er schon!" sagte Till. Da mußten die Gelehrten einsehen, daß Till sie zum besten gehalten hatte.

Eulen und Meerkatzen

Eine Zeitlang arbeitete Till als Bäckergeselle. Da meinte der Bäcker: „Heute nacht kannst du einmal allein backen." — „Ist recht", sagte Till. „Aber was soll ich denn backen?" — „Da hört sich doch alles auf!" rief der Meister verärgert. „Du bist ein Bäckergeselle und fragst, was du backen sollst? Eulen und Meerkatzen natürlich!" Und dann ließ er Till allein.
Als der Bäcker am nächsten Morgen in die Backstube trat, war er erst einmal sprachlos. Er sah dort nämlich keine Brötchen, sondern lauter Eulen und Meerkatzen! Da schimpfte er und schrie: „Bezahle mir sofort den Teig!" — „Nur, wenn ich die Tiere dann mitnehmen darf", antwortete Till. Das war dem Bäcker recht. Till bezahlte also, packte sein merkwürdiges Gebäck in einen Korb und stellte sich damit vor der Kirche auf. Dort herrschte reges Treiben, denn es war der Tag vor Nikolaus, und die Leute kauften allerlei zum Naschen. Im Nu hatte Till seine Eulen und Meerkatzen verkauft und sogar noch gut daran verdient.

Wie Till Eulenspiegel den Milchfrauen einen Streich spielte

Zu Tills Freunden gehörte ein Bischof. Dieser hatte seine Freude an dem Schelm und lud ihn oft zu sich ein. Als Till wieder einmal zu Besuch war, schimpfte der Koch: „Diese Bäuerinnen! Sie liefern eine Milch, die diesen Namen gar nicht verdient! So sehr ist sie mit Wasser verdünnt!" Till dachte kurz nach, dann sagte er: „Leih mir deinen größten Kochtopf und laß ihn auf den Marktplatz stellen!" Der Koch erfüllte Tills Wunsch. Und sofort eilten Neugierige herbei. „Ich kaufe Milch zu Höchstpreisen", erzählte ihnen Till. Das sprach sich schnell herum. Und kaum hatte Till neben dem Topf Platz genommen, kamen die Bäuerinnen mit Eimern und Kannen. „Kaufen Sie wirklich Milch zu Höchstpreisen?" fragten sie. „Ja, zu Höchstpreisen!" versicherte Till. Da kippten sie ihre Milch in den Topf.

Eimer nach Eimer, Kanne nach Kanne leerten die Bäuerinnen in den großen Topf. Till schrieb eifrig ihre Namen auf, damit jede später für ihre Milch auch ihr Geld bekäme. Als die Milch im Topf schließlich überschwappte, sprang Till auf und rief: „Leider habe ich im Augenblick kein Geld, um die Milch zu bezahlen. Kommt in vierzehn Tagen wieder, dann zahle ich euch aus. Wem das zu lange dauert, der kann ja seine Milch wieder aus dem Topf holen!" Dann nahm Till die Beine unter den Arm und machte sich aus dem Staube. Zuerst blieben die Bäuerinnen mit offenem Mund wie angewurzelt stehen. Dann aber stürmten sie auf den Topf mit Milch los. Jede wollte soviel wie möglich für sich herausschöpfen. „Mit deiner gepanschten Milch soll ich mich zufriedengeben?" rief eine. „Gerade du mußt das sagen!" schrie eine andere. „Was du als Milch verkaufst, mag nicht einmal die Katze trinken!" So schimpften und stritten sie. Die Bürger der Stadt aber lachten schadenfroh.